進山

王良和　著

匯智出版

目錄

第一輯　進山

進山——9
橄欖青毛衣——11
冬日紫薇——13
老友來電——16
我們與船——21
重操故業——23
洗澡——28
父親的錢包——和西西〈父親的背囊〉——34

第二輯　大輪迴

在師大夜市懷周老師——45
敲擊——49
同遊——54
五漁村——57
檸檬——60
大輪迴——62
爸爸的腳——74
大埔尾——77

第三輯　水琴窟

家族——83
對話——86
在索布朗的教堂裏寫詩——91

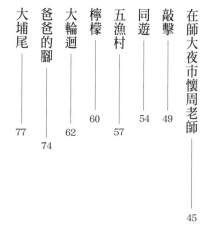

偶然——在悉高班尼的教堂裏——93
你們帶來了蛋糕——97
水琴窟——100
華沙古城廣場——102
卡爾頓山——106

第四輯　生長的枝葉

生長的枝葉——113
閱讀——115
我握着他們的手——118
薩摩斯——123
我記得——125
河岸——淡水印象——131
堤岸——克羅地亞十六湖——142

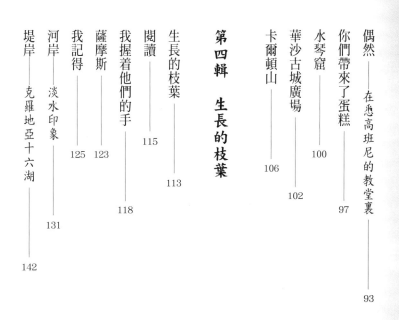

入口 —— 149

第五輯　請你回來

二〇二〇年八月二十日 —— 155
請你回來 —— 161
夏日 —— 165
回家 —— 171
此夜，此時 —— 173
一覺醒來 —— 176
突然變得明亮的春日 —— 182
海岸 —— 186
後記 —— 189

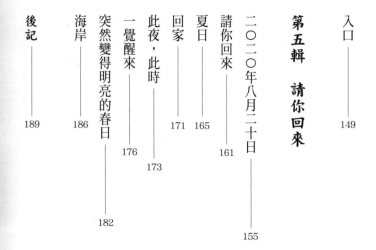

第一輯

進山

進山

探路進山，循腳印踩出的隱約小徑
走到盡頭會是哪一個峰頭呢？
荊棘與落葉，腿間絆纏着野蔓與亂草
風吹起一片松濤
叢叢碧青的松針外，雲移天靜
這身影將幻入時間的水墨
濃黑中的虛白，濛濛水光的呼息
回頭問你累不累，野路可沒有亭子呢
（看畫的人在疏樹和山石間）
跟着我，會不會擔心迷路？

多少年隔海看山
不知道山中和山外的風景，而我們
尋找風景，成了風景
山盤水繞，頭上寒煙升起，我老了
你在後面說：走吧
仰望峰巒，遇到下山的樵夫
斧在腰間，兩肩疏落的枯枝
雲煙外，誰在燒水，烹茶？
誰在下棋，移動棋子？
誰從容落墨，在我的眼前升起
一座新的青山？

橄欖青毛衣

橄欖青毛衣
父親背着我
在五桶櫃拉開的抽屜間
尋找甚麼
日式風格的木構房子
溫泉酒店
而他從未去過日本
他像個竊賊而我若有所失
下床，走進他寒冷的房間
窗外只有黑夜

拉開抽屜，從上到下，一個
一個，打開衣櫃，空落無衣
我站着，被一雙靜默的眼睛從後
穿透，不敢動，柔軟
溫暖，橄欖青毛衣
我是個竊賊，一無所得
被甚麼人發現——
只能相背，每一次相遇

冬日紫薇

我認識這株樹，它今天露出了許多枝椏
疏朗而淡然，在新的一天
和我一樣醒來，一眨眼它的盛夏又回到了枝頭
密密層層的綠葉，只因我曾經
凝視過它的蓓蕾和串串紫花
在藍天和驕陽中輕顫
而此刻那些花後的果實已然枯乾裂開
變成一個個幽暗的燭台
天空依然蔚藍，只有我感覺寒冷
季節在我的身體裏轉動着游標

太陽和陰影，冷與暖，一寸寸移動
一株樹不知不覺胖了，心中寬廣又添一圈年輪
小鳥飛來，匆匆停駐，又飛走了
樹皮上留下白色的流淌的鳥糞
總有夏天的暴雨，總有秋天的涼風
又一群麻雀飛走，留下五隻
又一隻飛走，仍有五隻
再飛走兩隻，樹上仍是五隻
隱藏了，不，只是我看不見
落葉的枝條孵出新的麻雀
而我為甚麼一再數算？
忽然，一大群麻雀從一輛綠色的小巴背後
撲撲飛起，在低空迴旋
帶着我的雙眼在這個城市中漂浮

有人不理紅燈匆匆跑過馬路
有人坐在火車站外的欄杆上悠然抽煙
巴士帶走了許多人，的士靜靜等待
飢時覓食，疲累時停息
枝葉顫動，寒冷迎向溫暖的陽光

老友來電

老友來電，邀我晚飯
倏地到了他的家
彷彿開門出去就到了
不用找馬
有點淩亂的板間房，燈光
銀亮如水，照着小方桌上唯一的
小小的醬油碟上，幾條
皺皮青菜。我扒了兩口飯
桌上，碟上，像我曾經豐茂的
頭頂，空空如也

「有沒有醬瓜、辣蘿蔔？」
「只有白飯。」
走進更狹小的廚房
掀開鍋蓋，有點香，白飯、飯焦
沒有煙。「請人吃飯，
菜都冇！」我嘀咕
「來吃飯，手信都冇。」
我的老友，阿關，在旁邊剔着牙
輕蔑地說，嘴角
動了一下。我低頭看看自己雙手
果然只有十根香蕉，連忙堆笑
「我馬上去買罐頭！」
不用開門已到了黑夜的街巷
（怎麼這樣黑，冷冷清清？）

住家關了門，商鋪關了門
一排電單車疲倦地停在灰塵裏
終於找到一間雜貨店
「有沒有午餐肉啊有沒有午餐肉，
腐乳青菜夾醬瓜！」
彷彿唸救死扶傷的暗語滑稽的急口令
巨大的黑色電話旁
鹹魚似的老闆架着黑框眼鏡的老闆
朝整齊的貨架斜瞥了一眼
貨架上，只有一罐狗糧
一腳跨出店門外就到了更黑暗的街巷
千重門外忽然傳來千家萬戶關門的聲音
我開始焦急小跑尋找阿關的家門
哪棟樓哪條街哪個門牌啊

記憶洗牌（滿樓滿街城外閃耀的波光）
十二點前，還是趕快回家
啪嗒啪嗒越發焦急飛奔
哪棟樓哪個門牌哪條街啊
我推開胡亂跑來相認的樓房
尋找騎樓底下一排相認的摩托車
阿關的廣州我的堅尼地城——
一條曲折幽暗的樓梯
蛇一樣準時蜿蜒到腳邊
一個寂寞的小男孩
在一樓牆壁剝落的門口
拚命抓着我的手，哭聲震天：
不要走！不要走！
忽然（啊，倏乎一瞬）

達達的馬蹄萬千騎樓此起彼落開窗的聲音：

阿關，老地方等，不見不散！

……不見……方……散！

我們與船

許多年後我們漫步到陌生的廢棄船廠
好空闊啊，船都下了水，陽光拍着陰影午睡
晃蕩，晃蕩，人和船都聯絡不上了
想像風浪與風浪的聲音，敲釘與伐木的叮叮
寂靜，一隻灰黑的大老鼠回航
跑向我們站立遠眺的位置，把我們嚇得轉身逃跑

昨夜一根魚骨卡在我的咽喉
茫茫煙水我好像咬住了自己拋下的魚餌小鈎
一根長線沉沉在水下繃緊游竄

好像把小船越拉越遠離岸邊
想像這裏能釣到最大的魚我們偷偷爬上了小船
神秘的船主忽然現身猛烈的陽光下高聲斥喝

我慌得噗通跳進海裏拚命游向閃閃發亮的岸邊
兩手空空，聽見你在身後喊破喉嚨：「回來！回來呀！」

二〇一六年四月三日在仁安醫院拔掉喉間魚骨後作

重操故業

我重操故業，我聽到上課的鐘聲
失神地跌進人聲的漩渦
在四樓尋找三樓的教室
我不認識的女老師高聲喊
"Good morning class."
我在走廊外游移，不安
像遲到的學生在門外窺看
突然一聲斥喝：「在門外罰企！」
我趕忙閃到樓梯外
抓緊懷裏的教師用書

抬頭卻見 3C 的教室牌
無端記起《紅樓夢》：
「身後有餘忘縮手
眼前無路想回頭」
喧噪的教室走出了一個嬉皮笑臉的學生：
「老師，沒錯，是我們的課
我們等了你很久了。」
來不及應答，忽然有人從後兩手夾着我的頭
硬生生把我夾進教室中央
我面紅耳赤轉身左手搧出一記耳光
「啪」的一聲清響五指留印記
眼前站着剛發育的男生
撫着臉眼淚汪汪地望着我
滿教室的學生安靜地坐着瞪着驚異的大眼

我惶恐不安，我一把摟着他連聲道歉
我說對不起老師很久沒踏進教室了老師自制力不足
他在我的懷中耳語：
「老師，我下個月結婚了
初夜的感覺如何？」
我面紅耳赤推開他左手摑出一記耳光
「啪」的一聲清響（啊，命運）
他撫着臉眼淚汪汪地望着我
我惶惶不可終日，我一把摟着他連聲道歉
我說對不起老師不是左撇子可冥冥中有一股邪力移動我的左手
他在我的懷中耳語：
「老師，我下個月結婚了
通脹苦，怎樣計算酒席才不致虧本？」
真要命，連雞兔問題都不會算的中文老師

他擊中了我的要害——
我在他的懷中耳語：
「原諒我，我也不易，但你會控告我嗎？」

昏昧的房間漸漸顯出天花板的灰白
異國陌生旅館的床上，二十多年前教過的
一個男生稚氣的臉漸漸清晰、明亮
穿着童軍服，結着綠色的領巾
他笑，牙齒亮白，臉上並無掌印
只一個舊同事的語聲在碗碟與茶煙之間
裊裊升起，裊裊消散：
漂亮的 Miss Chan 老公包二奶
在海怡半島跳樓死了
校長鹹豬手見報（我想是誤會）

蘇 Sir，代表學校參加壁球比賽救球撞傷大腦
半身不遂，躺在家裏（我想去看看他）
他不想見任何人

洗澡

晚飯的菜已放到桌上
你開始端起飯碗大口吃飯
「有點臭。」
他們叫我檢查一下
我走到你的背後
手指勾着深藍的運動褲向後拉
就見到一坨暗黃的東西
「快點給他洗澡！」

伴你推着手推椅

垂垂老去的蝸牛
來到浴室的門口
攙着你，緩緩，步，進，去
放下廁板，讓你安坐
脫下手錶，脫下我
送給你的紅色蜜臘手串
脫下項鍊，脫下佛陀
然後一粒紐扣
一粒，紐扣，解，開
脫下長袖的灰色外衣
讓你高舉雙手，像個犯人
讓一件圓領汗衣
艱難地，剝離
你的身體

你的眼神：對不起，兒子

我攙着你，緩緩站起
開始為你脫下
褲子，老人尿片後有溫暖的重量
有噁心的顏色，和惡臭
我問自己：換了是我，你會
嫌棄我嗎？你會寒着臉說：
「麻煩」？你會歇斯底里地咒我：
「累人累物，怎不趁早死？」
一定不會
但我也要在心裏提醒自己：
寬容、微笑

輕聲和你說話
那是責任嗎？那是愛嗎？
你的臉漸漸放鬆——
我更加放鬆，浴室開始有
溫馨的水聲

嘩嘩的溫熱的水源源不絕噴濺
一點一點剝落
枯萎的黃花
我把滋潤的沐浴露
塗滿你的身體
在你寬闊的胸膛上打圈
按摩肩膊，擦拭手臂
我彎下腰，再把更多的沐浴露

塗到你的臂部、股溝、大腿
灰黑的顫動着水光的陰影
我從那裏來到這個人間
為你洗澡，私密的親密的時辰
記憶中幸福的時刻

穿好衣服，伴你推着手推椅
開出一條微香的小路
「香噴噴！」我向着飯廳的方向
高喊；你微笑
推着手推椅
緩步而行
像個大將軍，凱旋回歸
坐在原來的椅子上

又端起飯碗大口吃飯
伸出筷子，夾起一條
顫顫的、油光閃閃的菜苗

父親的錢包——和西西〈父親的背囊〉

父親的褲袋裏
黑色的橄欖錢包

六點半，穿着孖煙囪，在床上睡覺
面向牆壁（危險，母親的臉甚麼時候轉向他？）
衣櫃的門上掛着黑長褲
蟲爬，蛇游
小心翼翼的手掌，一點點
摸黑而上，深入洞穴
銜着一枚橄欖

一點點下降，乾癟的錢包
永遠只有幾枚硬幣
一毫，多數不會發覺
父親極少打我，除了
一元那一次

母親和父親吵架
母親扣起了父親的錢包
七點鐘，輕如無物
父親走兩小時路到中環上班
終於遲到，坐在南貨店一角縛大閘蟹
平平靜靜，蟹角刺得他的手指
又紅又腫。中午，伙頭如常燒飯
有人邊吃飯邊用筷子

點着面前的菜青筋暴凸紅着臉罵
他知道，若無其事，扒飯夾菜
默默吃了半碗
地拖水燒飯
下班前終於開口
問同事借一元幾角
搭4號巴士回家
而在一千零一夜的今天夜裏
門外響起十點半的尋常鈴聲
開門的一刻，大雪紛飛
關門的一刻，濡濡融化的倦臉
子夜仍沒睡覺的父親
偶然走到露台往下望
等待昨天罵過他的

我夜遊未歸的弟弟

父親總是為省錢和平日也很省錢
某一刻卻不肯省錢的母親吵架
譬如母親要買一台彩色電視
也讓我向聖誕老人祈禱：
聖誕老人伯伯，聖誕老人伯伯
把我變成一角、五角、一元
統統飛進父親的橄欖錢包
拉上拉鍊，黑暗裏，叮叮噹噹——
爸爸，路過得記飯店
別只是站在門外看，吞口水
爸爸，經過麵包店
買一個菠蘿包

聖誕節是我的「心結」，
在我的詩和小說都有幻化的情節意象；
希望小孩子充滿喜悅、期待的畫，
能沖淡詩中的傷感。

爸爸，摸摸你的褲袋……

許多年後，他的兒子有很多很多錢
許多年後，他的橄欖錢包游進紅色的魚走進金色的牛
許多許多年後，父親黑色的
橄欖錢包，磨出了白色的頭髮
他有時認不出自己的兒子自己的家
叫我做下好心，不要冒認他的兒子
趁大廳無人溜出沙發開門偷走
給抓到說要去中環上班
在鍛煉腦筋的四方城中
我們雙手靈巧而父親
龜速搬磚，一塊磚，一塊，磚
努力砌建他的家我們的城

而父親迷了路，被我們重重圍困
他慢騰騰為自己要去的地方
打出最後一隻「北」
大姐夫攤牌說「三番」
我們等着等着而他終於
把手伸進自己的褲袋
穿過陰暗的歲月和房子
來到我的藏寶洞
（芝麻開門！橄欖開門！）
抖抖的拿出了
縐縐的紙巾
轟然的笑聲凝在半空
「這是銀紙嗎？這是廁紙！」

誰彎腰捧腹大笑？誰望着我父親
瞇着眼微笑？四方城紛紛倒下
東南西北亂作一團，我父親
仍拿着他的「銀紙」，傻傻的
望着我們，不懂笑，滿室
充滿快樂的空氣直到
他，忽然變成一張飛氈
倏地穿過敞開的窗子飛走
噢！我們慌忙伸出手——
直到他變成
震撼的寂靜的
藍天

我
捧着頭
哭起來

第二輯

大輪迴

在師大夜市懷周老師

昨夜在師大夜市抱怨天氣太熱
找不到賣苦瓜汁的夜店
甚麼東西能驅去身心的邪熱躁動呢？
經過師大紅磚的房子
黑夜裏暖黃的燈光
你會在圖書館的窗下嗎
黑眼鏡閃着文字的亮光低着頭
煎包和烤魷魚的濃香，線裝書
隱隱的紙香

妻子興致勃勃：到輔仁大學走走吧
要是你選擇到輔大升學，我們就不會遇上
是的，不會遇上了……
一位良師引領我游向這島嶼
而我，最終選擇留在生根的小島

隱隱的墨香

裱畫的店舖裏，吊在架上的毛筆
在空調的氣流中微微晃動
潔白的宣紙上寫滿流動的字
高懸在牆上（頭髮「頒白」了
墨汁爬到白紙的岸上，像不像二毛人呢）

凝神的時候，生命都在字裏了
二千多年前的篆體又活過來
可以幫我寫幾個字嗎？
大篆的，謝謝老師
翻揭案上的字帖，你說你喜歡顏真卿
字如其人，耿直又孝義
你像不像顏真卿呢？
可惜我懂得太少
人和字——氣韻生動
即使你看到那畫、那字
斷了，氣，仍在虛空中相連
字中有韻，煙遠入神
若隱若現，二十七年後

（最後一瞬）
帶着孩子，我們
來到你求學的母校

二〇二三年一月二日補續

敲擊

小時候，我總是把大人喝光放在地上
然後丟進垃圾桶的白蘭地瓶
拿到廚房清洗，酒瓶深綠厚重
瓶頸下是個笨拙的圓肚
像隔着一層磨沙，拿到眼前也看不清裏面的東西
拔掉瓶蓋仍聞到刺鼻的酒氣，怎麼洗都洗不掉

我坐在露台叉開雙腿
把酒瓶倒轉，緊夾腿間
左手握着十字螺絲批，抵着瓶底的凹洞

右手拿着鐵鎚敲擊
咯咯的瓦瓦的聲音
在眼前迸射，令人害怕
直到響亮的咯、登——
一塊敲碎的玻璃掉到瓶頸
在想像與期待的快樂中
咯登、咯登，一個陷阱的入口逐漸擴大

雜貨店的工人「刷」的一聲
在厚厚的電話簿撕下一張黃頁
水塘的岸邊，滿紙密密麻麻的人名和電話號碼
混和三毛錢麵粉
我喜歡十指黏答答的白漿
在搓捏中漸漸乾滑、柔軟、溫暖

手掌變回微紅的肉色，一股麵粉的軟香瀰漫指間

酒瓶扔到水中，在水面浮盪
朝天的瓶底卜卜卜卜吐出氣泡
當它下沉，一根紅色的草繩在手中漸漸綳緊
許多魚被香氣引到瓶口
紅眼圈、藍刀，從洞穿的瓶底游向麵粉和酒香
我忽然聽到肚子咚咚敲響
才想起自己的午餐化成魚的餌誘
來時一條小鯉在淺水處游過
惋惜那大肚子擠不進小小的瓶口
風吹水波陽光一陣激動
目光收回水邊幾株安靜的水草
左右手拉收，心中最後的倒數

下午的光線越來越短，越來越輕
愕然一根草繩收穫斷開的瓶頸
在半空搖頭，滴水，閃着冷光
一定有一塊岩石在水底，對準那小口巨腹致命一擊

許多年後，拿破崙與薄扶林
成了我無法再一次涉足的
同一條河，而我在這個越來越陌生的遊行城市漫步
經過陽光下灰塵飛舞的舊街
難得看見陰暗的老店外掛着網口疏闊的彈簧魚籠
於是我聽到空洞的連綿的敲擊
鼻子游移着若有若無的麵粉香氣
回頭再看一眼，烈日和樓房轉動

紅綠燈前，車聲急激洶湧
璀璨的陽光從天空撒下巨網
機器、車輪咆哮，玻璃如水閃着刺目的鱗光
過馬路的人木然望着路的對面，靜靜站立，等待
我又想起那沒有收穫的瓶子
一半埋在堆填區，一半留在水底
帶着我看不見的
鋒芒

二〇一四年七月二十日
二〇一四年九月二十八日修訂
二〇二四年三月三日再修訂

同遊

有一種愛
遠了又回來
——反用飲江詩意

我們沉默，或者說着話
來到陌生的山村
不遠處的房子，低矮如貓
熟睡，屋頂長出椰樹的散髮
睜着窗子帶笑的眼睛

你不是已長久躺下？
歸來，同遊到村口
一切都沒有理由

未及進村在泥地留下一遊的腳印
大洪水忽然沖倒村屋，淹沒村子
萬物崩塌瓦解（我們的
舊居），只有畫面（只為了
讓我看見）大水中你死去的臉
晃動的波光間明亮夢幻的石頭，水草
天空如井，一隻青蛙在波濤中蹬腿張望
無望，所以平靜，不需呼救的世界

為了我內心的寧靜災難沒有恐怖

你的屍體是我的唯一
洪水無緣由地來無緣由地去
我從水中爬到岸上輕鬆得像離開游泳池
抬頭卻見幾個女人坐在木棚上
你穿着土著的花裙，黝黑肥胖
低着頭想着甚麼，在高處，像多思的豬
我認出你還是認錯你？

明白我的遺憾，阿香
回來愛我，再愛一次

五漁村

我如何飛到異國這四樓的房子，彷彿一覺醒來
突然面對玻璃清透的異境
對街樓房的某一扇窗內，一個穿短裙的女人
在窗邊的床上弓起雪白的腿，肆意搖動
遠方的音樂，風暴，更遠處的天台
洗淨的床單獵獵飄揚，好像它就是我的帆
我的眼睛催它起航，浪花四濺
海水藍的房子，牆壁停泊扇貝與海星

只有那海鷗不為所動

獨自站在天台的風向儀上
被我的窗框圍困，被我
當作指引旅行的羅盤
穿過牠的眼睛我看到湛藍的大海
下面是洶湧的魚骨天線
放映着我無法想像的畫片
甚麼時候起飛？我簡直

迫不及待，而牠斂翅，偶然低頭
用黃喙整理羽毛
又抬頭看看天空
如此從容，直到
一根白羽從胸前脫落
在日光退回大海，而陰影

尚未降臨的時辰，帶着我
在所有樓房的陽台之間緩舞輕飛

檸檬

有時我看到你在陰暗的樓梯上升或下降
灰藍的舊信箱塞滿我的二字信
你坐在靠手磨損的沙發上昏昏欲睡低下頭——
又一個金黃的變形的月亮落入
洩露銀色水光的陰暗樹林
爸爸——充滿香氣的寒冷檸檬

月盈則蝕，狗未來而雞提早啄飲水中月
好像預感長日將盡我們對飲最後的下午
冰塊跌落水的聲音，檸檬切成一片一片

你又說從未喝過檸檬茶我把我的一半倒給你
我喜歡看你咬着三文治嘴巴動着傳來咀嚼的水的聲音

你的腦袋慢慢透明我看到自己在裏面
不斷寄信拆信滿頭大汗滿手灰塵
一個一個檸檬從無何有之鄉掉落掉進你藍灰的旅行袋
千重黑暗之門，門裏還是門外？
忽聽得有人高聲呼喚我的名字

爸爸——天邊充滿香氣的寒冷檸檬

大輪迴

她坐在公園的
長椅上
蔭在
榕樹的陰影下
感到夏日之湖的
清涼
陽光下一個
小女孩
踏着青草
腰套呼拉圈猛力

扭動腰臂
旋轉旋轉

她微笑暈眩
身體上升
上升
枝葉伸展
頭上的氣根
垂垂飄盪
呼拉圈慢下來
疲軟下墜

她低下頭
忽然看到

肚皮上結着圈圈
年輪
而啁啁鳴叫的
小鳥
不知從甚麼地方飛來
斜斜降落
草地
鋼琴上的手指
輕靈彈跳
張開翅膀
背着閃閃發亮的
陽光飛走了
她耳邊響起
推銷員的讚歎：

「減一分
則太瘦，
增一分
則太肥。」

梨樹結果的時候
她撫着自己
瘋狂隆起的
肚皮
肚皮
一下波浪
湧動
她瞪大眼睛
驚喜微笑——

小東西
又頑皮轉動
身體了

他把手掌
貼在她
繃緊的
長滿血紅
妊娠紋的
巨腹上
像醫生的
聽診器
於是她看到
一隻新婚的

手掌
溫柔地
激情地
輕輕滑過
她腰腹的
弧線
滑向
溫熱的
大腿

而許多年後的
許多個黑夜
湖水的波浪
在她的腹間

湧動
手掌
輕撫着
同一具裸體的
肩背
而她
看不見
他的臉——

他總是把臉
埋在
她的臉外
如霧起時
盲眼的

手指
游進他濃密的
髮叢找航路
身體總是傳來
規律的
敲釘子的
叮叮

於是她
辟穀按摩節食再辟穀
星期六下午
跳健康舞
耳邊響起
一種

韻律的
激勵：
one more,
two more...

而冥冥中總有
一個細雨
正在落下
或曾經落下的
午後

剛唸小一的
女兒
放學回家

扔下
紅如西瓜的書包
把臉埋在
沙發上
哭了

她緊張地
問她
發生了甚麼事？
誰欺負了
你？她
轉過頭來
兩條天真的
小辮子

兔子似的
一彈
一跳
淚眼
模
糊

她
望着她
忽然看到
一張
似曾相識的
永劫回歸的臉——
對着她

不忿地說：
「我頂多是肥妹
你才是
肥婆！」

爸爸的腳

第一次觸碰你的腳
粗礪的松樹皮
滿手沙石
一歲一圈年輪
走過故鄉的竹林、小溪
來到我風沙迷眼的旱地
是我沒有好好澆水
給你清涼的樹蔭
樹下休息，陰影中，陽光閃閃

兒子的畫，一看就喜歡，珍藏……像珍藏「爸爸的腳」。

送你來到西安古城，希望你快樂
中藥溫泉，泉眼淙淙，請你試一試
八十多個年輪渦漩
把我的手捲進你勞累的雙腳
沐浴露，滿手盛開白色的花
讓我為你沐足，厚皮層層，如蛇如龜
趾甲又黃又乾，我想擁抱的天殘腳
外面濕潤，裏面，塵土飛揚

一雙小鳥曾經在枝上棲息
許多船在林外等待
洗淨雙腳，穿上小船的鞋子
波聲隱約，深濃的秋天的蘆葦
連着水岸連着天

大埔尾

關上門關上鐵欄
一條斜路通向天空的道路
帶着一座蒼老的房子在雨中飛翔
電氣化火車裊着我的炊煙
驚動拖着長臂的婦人，走出畫框
取代我，肆無忌憚點燃灰塵
在沾過我唇印的茶杯留下她的屋漏痕
甚麼事物突然帶着陰影現身？
寂靜，走下陰暗的樓梯
貓步行進，一滴雨的閃光

大埔尾村 66 號「拙匠樓」，我的文學修道院。

瓦片間滴滴欲語的眼睛（滴答）
緊盯一個停擺的水桶

而我在新潔的房子中總是面向破壁
留神天亮追趕巴士的鬧鐘轟鳴
風暴過後的暈眩，恍恍惚惚，搖着紅筆
在光滑的書桌前批改錯字連篇的作文
病句——颱風搖撼樹枝震動屋樑
樑塵沙沙落在剛捧起的飯碗
而我日以繼夜調整詞語的磚瓦，重新擺設家具
還有白蟻蛀壞的棟樑嗎？（落月升起，狼狗睡着了）
剝落的牆壁嵌進一盞燈一個人影
雙肘抵着書桌粗糙的木紋，眼睛降落書頁
飛出一隻蝴蝶，寧靜的沉思者
冷掉的茶，螞蟻在破窗前排着搬家的隊伍

芭蕉搖着夜空搖着門燈，風鈴叮鈴，有人歸來

推開鐵欄已是三十年後的晴天
木棍、破銅爛鐵堵住了木門
廚房的磚牆大幅剝落，屋瓦傾頹
他逃過了一劫，站在破窗外窺看
巨大的漩渦捲去地上整齊排列的骸骨
總有一隻花貓輕輕躍上窗邊或石壆
輪迴轉世對上了恍惚的目光：「永定，老地方等你。」
而他的如花只回頭看了他一眼，漂着水花躍向
幽暗神秘的大埔尾，把陽光燦亮的院子留給他——
碧青的藤蔓爬滿屋頂，一蓬蓬垂下
在水泥地的隙縫埋下種子，高高的野雞冠
出嫁新娘的頭飾，解下的鍊扣
園籬外的綠樹彎下串串紫花

第三輯

水琴窟

家族

我總禁不住抓着龍缸的邊緣低頭
（甚麼地方飄來一片烏雲）
金魚躲進一叢叢悠然輕晃的水草屋
（希望不會有雷霆暴雨，銀龍電撲，地動屋搖）
頭頂紅冠，人肚子，笨拙搖動的花朵尾巴
奇異的寧靜，金魚探出頭來
嘴巴開合，一口一口吃着我的影子
涼涼癢癢，水波中閃着兩點快樂的燈光
背後是我們的碌架床，翻開的方桌，哭泣笑鬧的黑白公仔箱
回頭笑出了兩隻兔仔牙——

童年時大龍缸養過的金魚，游進兒子的畫，而我總想念……

有隻雀仔跌落水
（有片天空跌落水）

盤繞缸外的四爪黃龍游進了我的新居
帶來了吉祥的鳳族神雞
三五成群輕啄地板上閃閃生輝的光粟——
這是父親黑夜的夢境還是白天的幻象？
而我唸小學的兒子在商場的藝廊學習國畫
下午帶回笨拙可愛的金魚一尾一尾向上游動：
這是爸爸（哦，好胖），這是媽媽，妹妹，我……
（你們，終於回家了）
四尾金魚搖着盛開的花朵尾巴游到大門上（貼堂）
兒子仰頭，會看魚，一會看站着癡癡地看魚的父親：
「怎麼沒有爺爺和嫲嫲？」
「他們住在很遠的地方。」

對話

「文學創作怎麼教？分享你的經驗吧。」
幹我們這一行的
A級論文至上，創作沒地位
我的上司說：你怎能證明創作是學術？

來到嶺南看見你戴着鴨舌帽
陰影中亮着微光的前額，裏面
有我懷念的茶煙中絮絮細語的臉
真誠的崖上的滿月，筵席上

提醒自己，專心聆聽你說話
甚麼時候我也變得小心眼了呢
一隻白鷺鷥靜靜站在水邊
一尾魚，一片雲，牠靜靜垂着長喙

我還是寧願相信詩是美好的
《柚燈》的頒獎禮上，你站在
我的身邊，雨中的蓮葉，你說你喜歡
傾聽他迷惘的聲音

最開懷的一次食物誌在元朗大榮華
詩友吞雲吐霧，你娓娓介紹桌上的冰燒鳳肝
美味的膽固醇美味的詩，身體裏緩緩變化
梁文韜挺着大肚子，淺斟二十八年陳的花雕

和學生在中環都爹利街文學散步，與梁秉鈞的詩「對話」。

沒有明月從酒杯中升起我們曾經對飲
沉潛的香氣厚得貼着鼻子，道聽途說
你們的友情，爭吵又和解，更深的體諒
而我總無法融入，總是想到受傷的詩友

「文學創作怎麼教？提防概念先行吧。」
你教導我們不帶成見地觀察（真難做到）
我總無法抑制自己用鬥魚做觀察的教材
學生批判鬥魚好鬥，要求把小瓶裏的鬥魚放歸大海

我不想說文學創作不可教，或創作
孤獨的創作，到頭來一場空
在這個磚頭昂貴文字貶值的城市
堅持自己的聲音，慶幸有你的雷聲與蟬鳴

卡爾維諾說的，我們和世界
都中了女妖美杜莎的魔法
誰能避過目光的石頭呢
冠冕令頭顱更沉重，手只獨自舉起

你給我的電郵仍留在郵箱裏
凌晨回覆的對談，離去前最後的勉勵
走過樂海崖的黃昏，夜空無涯
火焰的拱門，一顆星，黑暗中輕盈的微笑

在索布朗的教堂裏寫詩

樸素的教堂
在我行旅快將結束的時刻
用祂殘損的泥牆、剝落的磚身
包覆着我疲倦瘦軟的身體
被聖壇半遮着的彩窗
尖頂的眾圓像菊花，而下面
金色的藤蔓向自我的內心渦漩
盤成一個個、一排排金色的聖圓
大地的種子開出高貴、神聖的花葉
生生不息，高升到雲霄

陽光從窗外透進來
這教堂的內心沒有秘密
明亮、通透，白色的蠟燭隨時
用自己的膏油放出光明
響着輕柔的聖樂
歌聲中「和」字溫柔的拖音
提醒我：仁愛、寬容、和諧
而突然一聲持久的鐘響
不知從教堂內還是教堂外傳來
然後是人語的笑聲
穿過門牆和密封的窗

偶然——在悉高班尼的教堂裏

一個藍袍修女
跪在
右邊的木壇前
禱告
只露出
半邊
側臉
纖柔的
白手

寂然不動
透着微光的
塑像
暗夜的
手指
輕-揉-慢-捻
掌中藏着
念珠
或
紙巾

流着淚的
藍袍修女
別臉

看見我
神色
慌張
馬上
別過臉
抬頭望向
牆上的
塑像

祈着禱的
藍袍修女

我
游目

四顧
然後轉身
離去

你們帶來了蛋糕

你們帶來了蛋糕
孩子嚷着要上多啤梨
新鮮的顏色，在忌廉上成熟
緋紅的小臉，閃着早晨的光
許多年後我感到一個早上的寧靜
你站在我家的窗前
注視外面的青山和小村，青綠的網球場
日子在兩個球拍之間鐘擺：你的頭髮和眉毛
白天更加明淨，天空高遠
我們在小室裏輕聲唱生日歌

沒有許多話語，茶煙靜靜升起
冒煙的航船，浮着鋼鐵的輕逸
長洲的海邊，風很大，你記得，偶然又提起：
「那時你穿薄薄的衣服」
我們看海，留下照片。咔嚓

兩個孩子的父親

茶冷了，茶色慢慢轉淡
換一壺新茶，仍舊有暖暖的茶煙升起——
白天明淨，天空更加高遠

黃維樑老師、黃國彬先生帶來蛋糕，
在我的新居為余光中老師慶祝生日。

水琴窟

天空在岩石包圍的地下
一滴水蒸發一滴水在裂縫中凝結
寂靜，生出碧青的苔蘚
不是可有可無的音符

黑暗中失明露珠的閃光
懸崖上，你的心！
音樂，清亮圓潤的
流星雨，連綿飛墜

敲擊岩石的青銅
（鐘瓶裏歌唱的靈魂）
而你甚麼都聽不到——
一叢碎石拱辰

大地中節節升起的竹管
朝向天空的望遠鏡
直到你的耳朵低俯
封起遠望的眼睛

華沙古城廣場

勞動節的早上
陽光漸漸曬暖
寒冷的古城廣場
經過大戰黑暗的長夜
瓦礫中升起
新的中世紀房屋
緊緊依偎
加倍珍惜陽光
拉起簾子
靜默中明亮的家具

也許在一間簡樸的平凡的房舍裏
架上的書籍長久沒人翻揭
一雙眼睛，凝在
某一頁的行間字裏
悄悄眨動
而桌上一隻空空的杯子
等待着旅人僅餘的茶葉
暗綠的捲曲的葉子
旅途困頓
緊縮乾縐的心
擁抱裏舒放
沸水熾熱，香氣，輕煙
水中一個金黃的月亮

而我在這異地的廣場靜靜地坐着
偶然擰開瓶蓋喝一口帶鹽味的礦泉水
看這一個和那一對雙胞胎小孩
好奇地拉動抽水機的尾巴——
黑色的獅子
嘴巴嘩嘩吐出潔淨的流水
源源不絕的話語藏在心中
陽光下靜靜站立的抽水機
頭上頂着未綻放的花蕾
一隻潔白的鴿子天使般降落
而忽然滿廣場一陣驚呼
花球，婚紗，輕揚的新娘
你，走過陽光中的噴泉

婚紗上的珠片紛紛躍進水中
放走我心中的鯉魚，鱗光閃閃
隨廣場上數十鴿子在我們的屋舍間迴旋
地上的黑影拍着急翅，瞬間
越過了我的頭頂

卡爾頓山

神，不會轉動肉身
三百六十度俯視下界
灰暗的平房，北海與長島
和我有甚麼關係呢

微陰的午後，獨自走到這陌生的山上
輕輕邁出的步履
一步步消逝
草地上升起孤獨的枯樹

一根根仿巴特農神殿的石柱

無法成就自身
被灰茫的天空
緊抱

一張空空的長椅
倚坐過的
芸芸眾生
若隱若現

風吹過落了葉的枯枝
他們不會
記得我
靜默中相遇的目光了

另一片草地廾起

深黑的十字架
銀色的鋼片鐫刻
不肯遺忘的名字

愛與懷念，母親，生與死
異鄉人為此駐足
石室中的囚徒
仇恨中的亡者

他們的嘆息凝結成山下的墳地
殘損的冷石
但我為甚麼總聽到
一個小孩淒厲的呼喊

女巫的母親，火光中的身體

（目光擁抱，蒸騰）
扭曲成木樁下的焦炭
輕煙裊裊

灰濛濛的大氣
悠悠在晴空飄揚
永恆的黑夜
覆蓋我的意識

黑暗的心熊熊燃燒
濃煙沖天
火把節狂歡的歌聲魅影
誰激情地高舉火把奔跑，圍着篝火旋轉
煙花盛開，滿山霹靂巨響

喧囂以外，只一個傳說中的
女巫
每夜在山上孤獨地起舞

火焰，一閃
一閃
眼睛
四下尋索

第四輯

生長的枝葉

生長的枝葉

黑夜的墨輕觸我的身體
在你眼中的鏡子裏
我看見風雨搖動藤蔓交錯的樹
一雙眼凝神注視虛空中
靜靜生長的枝葉，陰影
暈染葉脈的呼息
逐日成形
一片葉子可以到達的邊緣
坐在一塊岩石上看一座山

山中的樹，根深入岩石的心
花朵在年輪的暗夜中迴旋升起
開放大地的清晨
飛鳥離去又回來
站在我的手臂上
排排坐，看你

閱讀

我總是根據自己的口味面向那一排書架
期待發現一些名字，黑夜裏的手臂
你也有觸電的一刻？熟睡
窗外透進幽夜的微光
（我從書頁的窗戶看到一面全身鏡）
夢裏走過螺旋的樓梯，牆上貼滿
宣傳海報，五顏六色的書影
黑白照片，詭異的燈光
上升或下降
潛意識的窖藏

你對着鏡子整理領帶
不知道我在鏡子外靜靜窺看
（一點點偷窺的刺激）
繫着絲帶的書籤
印滿詩句的白襯衣
年輕的好看的臉
（鏡外滿頭灰白）
如果在冬夜，眼睛跟着眼睛流動
微喜潛行，螞蟻觸動手臂的汗毛
岩石中黑夜的閃電
嘴角輕顫（專心閱讀）
（怎麼啦你？）
夠鐘了？我還未——

有人
輕輕關上了門

二〇二三年七月二十八日修訂

我握着他們的手

我握着
他們的手
日子卻突然
把我推開
空氣更加清涼、清澈
我倉皇的手甩出去
就像撒網
黑影加速游閃
我的手掌給一尾
滑落的肥皂灼傷

空蕩蕩
握滿太陽的手
水的掌心
破碎的
閃光

我站在課室的牆外偷聽
時間教導孩子用消逝說出誕生
無法停止的喧嘩
我閉上眼睛
享受這一瞬
幸福

孩子筆下的菲傭竟是可愛的獅子！
她退休回國了（感謝她！）；
孩子長大，而我還偶然閉上眼睛享受這一瞬幸福：
辮子跳，辮子跳跳跳。

一株魔術的樹
升起
結滿彩色的動物
廣大的牧場
青草，我的心沒有圍欄

你們進來
然後出去
就是這樣簡單
時間是一所幼稚園
我放心把你們交給它
我常常惦記下課的鐘聲

我喜歡掌心充實的感覺
拉着手一起上學
單腳跳，辮子跳飛機
辮子跳跳跳太陽下山了

薩摩斯

當一片異域的風景開向陌生的雙眸
當夏天的房屋發酵而葡萄仍在酸味中熟睡
當兩個季節的空隙，晨光變得猶豫
當房屋和樹木都進入遊者的內心
光明中我關上心底的窗子靜靜閱讀我的世界，你的門打開

於是廚房伸出一條水喉注滿屋外的盆子
於是架上的葡萄輕易得到陽光和清水
於是一隻陌生的手無緣無故輕揚（風吹過樹枝）
於是我推開窗子看到你眼中剛睡醒的寧靜的村莊

新鮮的葡萄，橘子，和無花果的甜香，就輕易得到

*薩摩斯（Samos），希臘島嶼，位於愛琴海東部。

我記得

我拿起
父親打過我的
塑膠大拖鞋
捉着他的手

我聽到
清脆的掌聲
許多年後幻化迴盪
無法說出的苦澀與傷感

（豬是怎麼哭的？）
我命令他跪下
他站着
仍在那裏哭

我衝前
高舉
拖鞋
咆哮

他馬上跪下
對着爺爺的遺照
雙手拉着耳朵

像小學生——

我們有過春天
在山坡
滿頭大汗
跑來跑去

我捉了
一隻小蜜蜂
怕，要他拿着
塑料袋，嗡嗡嗡

蜜蜂逃出來
蜜蜂要報仇

蜜蜂螫得他的手指
又紅又腫

我記得他的哭聲
我們有過春天
直到房子寂靜
家具冰涼

他伏在雙層床上
我拉下他的褲子
屁股
又紅又腫的月亮

跌打酒

倒在上面
叫了一聲
輕輕塗抹

痛不痛？
沒有回音
直到房子寂靜
家具冰涼

躺在床上
望着天花板盛開
陰暗的
咬人的花朵

（痛不痛？

無盡的
回音）我看見我的
弟弟（我看見我的
哥哥）常常給人欺負、失業
此刻仍躺在
那張三十多年的
雙層床上

一具屍體
被飛翔的目光攪擾
突然
睜開了眼睛

二〇二四年三月十一日修訂

河岸——淡水印象

火車上
我們
累得睡着了

終點站
陌生的河岸
河岸
有甚麼風景呢？——

夢中的蘆葦

輕搖着岸邊的
破舟
落日在清澈的河面
閃着變幻的
金光

來到河岸——
來來往往的
遊人
汗閃閃
暑氣蒸騰成霧靄
夏天
更熱了

大榕樹下
一個男人躺着
午睡
一對年輕的夫婦
帶着兩條大狗
坐在樹下閒談
（榕樹很老了，鬍子
搖不動岸邊的風，快要
觸到河岸的泥土了）

收起傘子
到榕樹下
坐坐吧
這麼熱

女兒說那裏
有狗
離得
遠遠

白污污的
圓桌中央
插着大大的
太陽傘
桌面兩邊
盛滿水的塑料桶
太陽傘下沒有人
一弧陰影

靜靜地
坐在三張椅子上
望着
一個小男孩
走過
嘴邊黏着
一圈粉紅的
冰淇淋

空氣浮着
烤魷魚的濃香
店裏的女人不時
翻動烤機上
紅色的魷魚

刀子交錯切割
魷魚的白肉
彈開
張着一雙雙
逐漸變黑的
翅膀
大毛掃在上面
塗醬汁，撒芝麻

海鮮店
一盤孔雀蛤
一隻
一隻
像孔雀張開了

烏目的翠屏
魚缸裏擠住
沒精打采的
石斑
紅豔晶亮的
活魷
輕晃邊翼
搖着扇子
奇怪地望着
河岸流動的人潮
魔幻的事物，生生不息——
鄰店的小金魚

以為在河裏
（河裏沒有水草了
也沒有
圓圓的卵石
河是一個長方形的
塑料箱
只有一條
透明的管子
一顆藍色的
小氣石
升起無數
救命的氣泡
河裏沒有食物
很瘦很瘦的

小金魚）
被撈捕的小手
驚擾又回復
安靜
翕動着魚鰓
越聚越攏
密密
擠在一起

金髮少女想得到
巨大的毛公仔
把一個又一個圓圈
拋向地上的目標
而坐在高處

頭上打着蝴蝶彩結的
吉蒂貓
望着
滿臉皺紋的
動物老人
任由學爬的小熊貓
落日下
輕晃黑白
毛絨絨的軀體
牙牙的語聲，越爬越遠
寂寞地，爬到我的腳邊

這時落日低垂
陰陰沉沉的河水

無聲流動
河並不寬闊
對岸，高樓遮斷山脊
河海交匯處
高高的鋼臂
像伸向大海的釣竿
只聽見妻子問：那是甚麼？

遠客不答
洶洶的潮聲
不說

堤岸——克羅地亞十六湖

沒有目的地
在樹幹鋪設的小徑旁
躺下來
枕着行囊閉目
聽瀑布的歌聲
偶然的微涼與濕潤
水的輕煙飄過
彷彿清澈得
幽藍的潭底
有一個打開又關上的

小窗

簷上的雨
滴濕階上的青石
我的心潮潤，清亮
碧青而柔滑
長出絨絨的
苔花

時間在身體裏
長出孢子
無名的菌蕈
黏附樹幹
喧囂塵世
耀目陽光外

總有微微的
震動，穿過樹幹的年輪——
又一群遊人經過
（一定有胖子）
笑說有一個人
在堤邊睡着了

一株斷樹在潭底
睡着了
水底像海葵的
是甚麼呢？
一條魚，三條魚
攝影機
咔嚓

咔嚓
背上的樹幹又
微微震動
震波遠去了
喧囂的
塵世
耀目陽光外

我在陰影裏注視
清澈的流水
石間升起
一叢碧綠的心形葉
水滋潤

而沒有屈折
葉梗
在隆起的
石邊繞過
激起銀亮的
洄紋

漩渦拉出三條
平行的柔弧
象形的
「水」字——
銀魚擺尾
游過我
心中的

淺灘卵石
於是我聽到
蘆葦叢中隱匿的水鳥
發出
竹笛的鳴聲
此起，彼應

我
好奇地停下
坐在
樹蔭下諦聽
蘆葦叢
持久的幽寂
考驗我的

耐性

直到我邁步
落葉窸窣
震波遠去了

於是我又聽到
身後
竹笛，竹笛
水鳥快樂的歌聲

入口

沒有零用錢的日子
從雞籠環走，小時到西環
到西環做甚麼呢？
這裏也有大海和岩石

走走看看走進了馬路對面的水窪
暴雨後山澗的大水沖到路邊
晴天變成茶色的水掩映青苔和落葉

蹲在水邊一個影子和我不期而遇

星星點點滿天的光一閃一閃
捧起一掌跳動的星子
馬上變成山坑魚和七星
七星滿身彩虹會不會變成大尾孔雀？

打開水窪的門就像今天早上打開家門離去
從雞籠環走到西邊街的斜路
第一街的木頭車掛滿一袋一袋的魚
蝌蚪、小青蛙，大大的眼睛望着好奇的我

蝌蚪怎樣變成青蛙呢買一袋蝌蚪回家觀察吧
天空忽然下起雨下午三點的天空
我穿着校服背着書包沒有避雨的意思
快樂地捏着一毛錢走到第一街而第一街

空空如也玻璃的天空一地的水窪
趕快關上水窪的門趕快跑回家
帶一個紅色的小膠桶帶一個魚網
水窪裏有生坑魚、七星

或者還有長出手腳的蝌蚪？
走了一小時又一小時

過了這條馬路又過了那條馬路
暴雨，晴天，再找不到那水窪
再找不到
那水窪

第五輯

請你回來

二〇二〇年八月二十日

天亮了

清晨散步
雨後
微涼
石板地
濕亮
池中睡蓮
今天
沒看我一眼

抬頭
前面的山
墨綠的
山頂
忽然
兩大片碧青
明亮的
樹
青色的
樹
密密層層
在我的
眼中

越來越
青
越來越
亮
好像我們
都正在把門
開放

然後
兩片光
漸漸關收
縮小
是因為我
不斷前行嗎？

我連忙
轉身
向原來的
路
剛發現它的
瞬間
走去

到了
轉身
山頂的
兩片亮青

消失了

整座山
同一片
綠

我側身
抬頭
一大團
灰黑的
雲
緩緩移動的
雲
遮住了

初升的
太陽
向山的
雲邊
仍有一點
亮光

不遠處
七、八根並列的
針狀雲
閃着氣流的
鋒芒——游動的魚尾

請你回來

「爸爸！」
——在日本的火車上
對面的乘客抬頭望望我

「爸爸！」
——在美國黑暗的酒店房間裏
睡着的妻子不耐煩：又來了！

爸爸，爸爸

我很好
一點問題都沒有

你已不能自由來去

你總要來
（我總是期待）
打開我的腦袋
看你

我無法控制
自己
不論在甚麼地方

望着你
緩緩轉身
推着灰色的手推椅
背着我
有光的長廊

灰色的
左胸有衣袋的
上衣
灰色的
運動褲

挺着
仍有肉感的

臀部
領着我
（以後的日子）
沐浴露
幸福的清香
轉入自己
一切完好的房間

然後我可以
哭泣

二〇一九年五月三日
二〇二三年三月八日修訂

夏日

不知道從哪裏飛來的
黃蜻蜓
夏日
總在荒地上飛翔

在我上學的
路上
把上午的陽光
背到中午，薄翅
閃閃發亮

逗我們追捕
既擰帶撕折一根
馬尾草
揮擊低飛的
蜻蜓，總被牠
挫身側飛避過
而電視
正放映
《星空奇遇記》
飛船
時間轉換——
不知來到
哪一個星球？

剛剛低飛避過
一隻怪獸的
攻擊
機翼加速振動
每秒五十

回頭見那怪獸
張口露齒
拿着一條鞭子
雙眼充滿
貪婪攫奪的慾望——
滿頭大汗

我終於

脫下白色的
校服
光着古銅色的
夏日軀體
荒地
狂奔
胡亂向天空的
翼影揮擊

那些黃色的
蜻蜓，從哪裏飛進
這個空間？
我總是狂奔
總有

幾個孩子和我一起
狂奔
臉上的雨
越下越大
背上的雨
越下
越大
陽光烤着越下越大滿天沙啦沙啦的雨

他們的臉
模糊了荒地
長滿花草
我們仍然
奔跑

身子
黏稠稠滑潺潺
我們
變成陽光下的
魚
捉來捉去
「鈴……鈴……鈴……」
哪來的
鐘聲？
要上課了

回家

風暴中等待消息
一架飛機在停機坪發呆
甚麼時候才能回家啊？
外遊者喃喃自語
飛機上沒有人
沒有人上機沒有人下機

機窗暗黑
忽然擴音器宣佈：可以登機
而八號風球仍在目的地高懸

我不要回去啊我不要回去
黑暗的飛機忽然燈光大亮

此刻他在光明的
飛機窗邊
在暴風眩暈的
霹靂中
看見
人影幢幢的
候機室

有人坐着
有人排隊
有人
站在巨大的
玻璃窗前

此夜，此時

兩扇木窗
打開了
睡眠中的
村子
彷彿第一次
相遇
簡樸的平凡

二樓的窗子
一雙合上的

眼睛
街燈照亮了
它的
鼻子

水底
提燈靜伏的
魚
我幾乎
游近那
映着河水的
光源

小河，波光的啟示

穿過長堤的
缺口
昏黃明亮的流逝
寧靜的
黑暗
流過，此夜
此時的
眼睛

一覺醒來

一覺醒來
撲進
地鐵站

走失了甚麼
走失了
甚麼
前面的一切
煙消雲散

唯一的影像——
飛撲
地鐵站
倉皇
倉皇
倉皇

模糊的
人群的臉
報紙檔
7-11
西裝與帽子與搖晃的
公事包
是甚麼時候？

倉皇，倉皇，倉皇
抓着這張臉
穿透
那張臉

叮，你在人群中！
灰黑世界中唯一的
白色汗衣

你到哪裏去了？

我抓着你
拉到一邊
坐下

你不認得
我是誰
頭髮亂蓬蓬
像個孩子
像個
傻人，笑：
「我好肚餓。」
麵包，買麵包！

但我
已不敢走開
一刻

也不敢
一覺醒來
我
飛撲進
地鐵站
一切
溶溶爛爛
一切
正在溶解
倉皇，倉皇，倉皇

世界
醒來

它一點
都不着急——
沒有你
也沒有我

突然變得明亮的春日

突然變得明亮的春日
一個陌生的
開向陽光的
庭院
接住我
疲倦的腳步

四張椅子
在微涼的牆角
等待

喜歡清晨，喜歡明亮的事物；

小孩子筆下簡單的率真——詩的再現。

一張方桌
在大葉榕虛幻的
陰影裏
晃動着
光的杯子

絮語
和溫暖手臂的
輕靠
寂靜中的
人語笑聲

一道橋連起了
陌生旅人的

兩岸
粗糙的
麻石階梯
通向
平凡簡潔的
房舍

海岸

潮水
高升
漲滿了
我的心

生命給我
大海
和曲折的
海岸

山上
一扇開向
海藍與岸綠的
窗下
想像包圍着我的
只有海
沒有岸

無邊之空
又有甚麼
意義呢？

犬牙交錯的

島嶼
咬着雪白的
浪花
沉默的石頭
與風和水合力
發出聲音

石頭裏
洶湧的浪濤
與內心的板塊
共振——
狹小又齷齪

後記

從《時間問題》到《進山》，十五年，才寫了四十首詩。我總是等待，不急。

五十而知天命，山盤水繞，偶然抬頭，看看蒼天，清明自在，浮雲舒捲。

是你要走的路，路總會蜿蜿蜒蜒來到跟前；是你要做的事，從容放下，喜悅擔起，做就是了。

還想成就甚麼呢？舉足回看萬嶺低，雲在青天水在瓶。

看澤田研二主演的《舌尖上的禪》，幾乎不認得，那就是昔日化了濃妝、衣著和打扮都極為妖豔、在舞台上“Monday, Tuesday”拋着媚眼扭腰熱舞的青春歌手。形象的對照——繁華落盡，垂垂老去，回歸自然。

日往月來，暑往寒來，不同的節氣，土壤裏長出適時的野菜豆苗。繫着小竹筐，採採蕨薇；飯熟了，揭開鍋蓋，飯升起暖熱的煙——口腔裏微微的甜味，喜。

嘗遍山珍海味，也許最懷念的，是住過的破屋，一個人靜靜地淘米燒飯的歲月。大埔尾掛在牆上，沒有帶走的畫；留在茶几上，埋在灰塵中的茶杯茶壺，偶然回來探我——你在，我們，還在。

這部詩集，有不少詩是想留住又留不住的心靈印記。寫下來，是不想遺忘。異國的夢境，洗澡的親密，跳動的辮子，冰涼的家具，誰的頭上升起了寒煙？也有懺悔，也有微喜，更多的是不捨和感謝。書中稚氣的插圖——你在，我們，也在。

朋友說，讀〈進山〉，像看一幅山水畫。畫中有人，有伴，有眼前升起的，新的青山。

書　　名：進　山
作　　者：王良和
責任編輯：羅國洪
裝幀設計：洪清淇
出　　版：匯智出版有限公司
香港九龍尖沙咀赫德道 2A 首邦行八〇三室
網址：http://www.ip.com.hk
電話：二三九〇〇六〇五　　傳真：二一四二三一六一
發　　行：聯合新零售（香港）有限公司
香港新界荃灣德士古道二二〇至二四八號荃灣工業中心十六樓
電話：二一五〇二一〇〇　　傳真：二四〇七三〇六二
版　　次：二〇二四年三月初版
國際書號：978-988-76912-9-7

香港藝術發展局
Hong Kong Arts Development Council 資助

香港藝術發展局全力支持藝術表達自由，本計劃
內容並不反映本局意見。